¡Aprende a leer, paso a paso!

Listos para leer   *Preescolar–Kínder*
• letra grande y palabras fáciles • rima y ritmo • pistas visuales
Para niños que conocen el abecedario y quieren comenzar a leer.

Leyendo con ayuda   *Preescolar–Primer grado*
• vocabulario básico • oraciones cortas • historias simples
Para niños que identifican algunas palabras visualmente
y logran leer palabras nuevas con un poco de ayuda.

Leyendo solos   *Primer grado–Tercer grado*
• personajes carismáticos • tramas sencillas • temas populares
Para niños que están listos para leer solos.

Leyendo párrafos   *Segundo grado–Tercer grado*
• vocabulario más complejo • párrafos cortos • historias emocionantes
Para nuevos lectores independientes que leen oraciones simples
con seguridad.

Listos para capítulos   *Segundo grado–Cuarto grado*
• capítulos • párrafos más largos • ilustraciones a color
Para niños que quieren comenzar a leer novelas cortas, pero aún
disfrutan de imágenes coloridas.

STEP INTO READING® está diseñado para darle a todo niño una
experiencia de lectura exitosa. Los grados escolares son únicamente guías.
Cada niño avanzará a su propio ritmo, desarrollando confianza en sus
habilidades de lector.

Recuerda, una vida de la mano de la lectura comienza con tan sólo un paso.

Step into Reading, LEYENDO A PASOS, Random House, and the Random House colophon are registered trademarks of Penugin Random House LLC.

Visit us on the Web!
StepIntoReading.com
rhcbooks.com

Educators and librarians, for a variety of teaching tools, visit us at RHTeachersLibrarians.com

ISBN 978-0-7364-4367-8 (Spanish trade edition) — ISBN 978-0-7364-9035-1 (Spanish lib. bdg. edition) ISBN 978-0-7364-4368-5 (Spanish ebook edition)

Printed in the United States of America   10 9 8 7 6 5 4 3 2

First Spanish Edition

DISNEY

ENCANTO

El Hallazgo de Mirabel

de Vicky Weber

traducción de Susana Illera Martínez

ilustrado por the Disney Storybook Art Team

Random House 🏠 New York

Mi nombre es Mirabel Madrigal.

Vivo con mi familia

en un lugar mágico

llamado Encanto.

Hace muchos años,

mis abuelos, Alma y Pedro,

salvaron a nuestra familia del peligro.

Pero mi abuelo Pedro no logró escapar.

Entonces, ¡ocurrió un milagro!

La vela de abuela brilló para crear

un refugio mágico.

El Encanto.

Abuela está a cargo de nuestra familia.
Ella dice que debemos esforzarnos
para merecer el milagro
y los dones mágicos
que nos da el Encanto.

Mi tío Bruno se marchó del Encanto.

Su don le permite ver el futuro

y eso hace que todos se preocupen.

En mi familia
todos tienen un don,
menos yo.
Nadie sabe por qué yo
no recibí un don mágico.

Mi primo Antonio

cumple cinco años hoy.

¡Habrá fiesta esta noche!

y Antonio recibirá su don.

Antonio se siente nervioso.

Me pide que camine a su lado

y lo acompañe hasta su puerta.

Esto me trae recuerdos muy tristes.

Yo tenía mucha ilusión

de recibir mi don mágico.

Pero mi puerta no brilló.

Fue un día triste

para toda la familia.

¡Antonio recibió el don
de hablar con los animales!
Él y sus nuevos amigos
exploran su mágica habitación.

¡Es una selva tropical!
La familia se reúne
y la fiesta continúa.
Todos están muy felices
de que Antonio ya tenga un don.

Algo anda mal.

Voy al patio

¡y descubro grietas

en las paredes de la casa!

Corro para avisar a mi familia.

Pero, al regresar al patio,

¡las grietas ya no están!

Todos piensan que lo inventé

por sentirme excluida.

Mi mamá piensa que
estoy molesta por no tener un don.
Me prepara una arepa con queso
para que me alegre.

Ella dice que soy tan especial
como el resto de mi familia.
Mamá desea que yo vea en mí
todo lo bueno que ella ve.

Escucho a mi abuela Alma
hablarle a la foto del abuelo Pedro.
Su voz suena preocupada.

Dice que la magia del Encanto

está en peligro.

La vela se está apagando.

Sé que debo hacer algo para ayudar.

Mi hermana Luisa me cuenta

que tío Bruno tuvo una visión,

mas nunca la completó.

Lo que vio, le dio temor.

Encuentro su visión y junto las piezas.

Es una imagen de la casa

con grietas en las paredes.

Yo estoy en el centro.

Descubro a Bruno escondido

en la casa.

Lo ayudo a completar su visión.

Debo abrazar a mi hermana Isabela.

¡Isabela es perfecta!

Hace que crezcan flores

por todas partes.

Pero ella y yo no nos llevamos bien.

Busco a Isabela en su habitación.

Intento hablar con ella.

Pero ella dice que yo no la comprendo,

que está cansada de ser

perfecta todo el tiempo.

También puede crear

plantas espinosas,

no solo flores hermosas.

¡Le digo a mi hermana

que es asombrosa!

Las grietas aparecen de nuevo.

Abuela dice que la magia

está en peligro por mi culpa.

Dice que le hago daño a mi familia.

Le digo a mi abuela

que la culpable es ella.

La casa tiembla y se agrieta.

Comienza a perder la magia.

La vela se apaga.

Los dones de mi familia desaparecen.

Abuela me encuentra junto al río.

Me cuenta que en ese lugar

fue donde ocurrió el milagro.

El sacrificio y el amor de mi abuelo Pedro

dieron vida al Encanto.

El corazón de mi abuela está lastimado,

y eso fue lo que destruyó a Casita, no fui yo.

Abrazo a mi abuela y le recuerdo,

que aún en los momentos más oscuros,

siempre hay esperanza.

Abuela y yo regresamos a casa.

Mi familia se alegra cuando les digo

a todos lo especiales que son.

Juntos trabajamos

para reconstruir el Encanto.

¡La magia ha regresado!

Cada día me propongo

ver lo mejor de mi familia,

y lo mejor de mí.

¡Estoy muy orgullosa de ser

parte de la familia Madrigal!